U0065857

沒毛雞
遇見大餓狼

文圖　陳致元

有ᵧᵉᵘᵥ一ᵢᵗ天ᵗᵢᵃⁿ，
森ˢᵉⁿ林ˡⁱⁿ裡ˡⁱ出ᶜʰᵘ現ˣⁱᵃⁿ了ˡᵉ一ᵢᵗ隻ᶻʰⁱ很ʰᵉⁿ餓ᵉ很ʰᵉⁿ餓ᵉ的ᵈᵉ大ᵈᵃ餓ᵉ狼ˡᵃⁿᵍ，
他ᵗᵃ在ᶻᵃⁱ森ˢᵉⁿ林ˡⁱⁿ裡ˡⁱ到ᵈᵃᵒ處ᶜʰᵘ尋ˣᵘⁿ找ᶻʰᵃᵒ獵ˡⁱᵉ物ʷᵘ，
哪ⁿᵃ個ᵍᵉ倒ᵈᵃᵒ楣ᵐᵉⁱ鬼ᵍᵘᵉⁱ會ʰᵘⁱ被ᵇᵉⁱ他ᵗᵃ吃ᶜʰⁱ掉ᵈⁱᵃᵒ呢ⁿᵉ？

我_{ㄨㄛˇ}好_{ㄏㄠˇ}餓_{ㄜˋ}、
好_{ㄏㄠˇ}餓_{ㄜˋ}！

大餓狼發現湖面上有一艘小船，
五隻沒毛雞正在划船。

大餓狼摸摸肚子說：
「如果這是五隻在我肚子裡划船的炸雞，
該有多好！」

大ㄉㄚˋ餓ㄜˋ狼ㄌㄤˊ客ㄎㄜˋ氣ㄑㄧˋ的ㄉㄜ˙對ㄉㄨㄟˋ船ㄔㄨㄢˊ上ㄕㄤˋ的ㄉㄜ˙五ㄨˇ隻ㄓ沒ㄇㄟˊ毛ㄇㄠˊ雞ㄐㄧ說ㄕㄨㄛ：
「五ㄨˇ隻ㄓ炸ㄓㄚˋ雞ㄐㄧ……喔ㄛ不ㄅㄨˋ，我ㄨㄛˇ是ㄕˋ說ㄕㄨㄛ五ㄨˇ隻ㄓ高ㄍㄠ貴ㄍㄨㄟˋ的ㄉㄜ˙沒ㄇㄟˊ毛ㄇㄠˊ雞ㄐㄧ，
我ㄨㄛˇ可ㄎㄜˇ以ㄧˇ跟ㄍㄣ你ㄋㄧˇ們ㄇㄣ˙一ㄧ起ㄑㄧˇ划ㄏㄨㄚˊ船ㄔㄨㄢˊ嗎ㄇㄚ˙？我ㄨㄛˇ很ㄏㄣˇ會ㄏㄨㄟˋ划ㄏㄨㄚˊ船ㄔㄨㄢˊ喔ㄛ。」

接ㄐㄧㄝ著ㄓㄜ˙，大ㄉㄚˋ餓ㄜˋ狼ㄌㄤˊ別ㄅㄧㄝˊ過ㄍㄨㄛˋ頭ㄊㄡˊ偷ㄊㄡ笑ㄒㄧㄠˋ：「我ㄨㄛˇ也ㄧㄝˇ很ㄏㄣˇ會ㄏㄨㄟˋ吃ㄔ炸ㄓㄚˋ雞ㄐㄧ喔ㄛ！」

五隻沒毛雞看了看大餓狼，說：
「我們不跟和我們不一樣的划船。」

大餓狼想了想，說：「如果我變成沒毛狼，
我們就可以一起划船了，對不對？」
五隻沒毛雞沒有回答，划船走了。

「那我們明天肚子裡見囉！喔不，我是說船上見！」

五隻沒毛雞已經划遠了，沒聽到他的話。

大餓狼心想：

「為了美味的炸雞，把毛拔光也值得。」

回家後，大餓狼坐在椅子上，
先試著拔一根毛。
「啊，好痛！如果一根一根拔，
不就要痛好幾次？那不如
痛一次就好。」
大餓狼忽然想到
一個好方法。

他找來好朋友狐狸和大熊來幫忙，
請他們用膠帶把他的全身黏起來，
打算把毛一次拔光。
他們忙了好久，
才把大餓狼從頭到腳都用膠布纏起來，
看起來就像木乃伊一樣。

接著，再一鼓作氣用力一拉。
大餓狼痛得大聲慘叫：「啊——」

然后，大餓狼做了一頂帥氣的雞冠帽子，
他把帽子戴在頭上，頭抬得高高的。

他ㄊㄚ想ㄒㄧㄤ像ㄒㄧㄤ沒ㄇㄟ毛ㄇㄠ雞ㄐㄧ走ㄗㄡ路ㄌㄨ和ㄏㄜ划ㄏㄨㄚ船ㄔㄨㄢ的ㄉㄜ樣ㄧㄤ子ㄗ，
在ㄗㄞ家ㄐㄧㄚ裡ㄌㄧ不ㄅㄨ停ㄊㄧㄥ的ㄉㄜ走ㄗㄡ來ㄌㄞ走ㄗㄡ去ㄑㄩ、走ㄗㄡ來ㄌㄞ走ㄗㄡ去ㄑㄩ。

大ㄉㄚˋ餓ㄜˋ狼ㄌㄤˊ躺ㄊㄤˇ在ㄗㄞˋ床ㄔㄨㄤˊ上ㄕㄤˋ，

想ㄒㄧㄤˇ著ㄓㄜ˙明ㄇㄧㄥˊ天ㄊㄧㄢ要ㄧㄠˋ和ㄏㄢˋ五ㄨˇ隻ㄓ美ㄇㄟˇ味ㄨㄟˋ可ㄎㄜˇ口ㄎㄡˇ的ㄉㄜ˙炸ㄓㄚˋ雞ㄐㄧ一ㄧˋ起ㄑㄧˇ划ㄏㄨㄚˊ船ㄔㄨㄢˊ。

「划ㄏㄨㄚˊ啊ㄚ˙划ㄏㄨㄚˊ，划ㄏㄨㄚˊ啊ㄚ˙划ㄏㄨㄚˊ，全ㄑㄩㄢˊ部ㄅㄨˋ划ㄏㄨㄚˊ進ㄐㄧㄣˋ我ㄨㄛˇ的ㄉㄜ˙肚ㄉㄨˋ子ㄗ˙裡ㄌㄧˇ，嘿ㄏㄟ嘿ㄏㄟ！

五ㄨˇ隻ㄓ炸ㄓㄚˋ雞ㄐㄧ就ㄐㄧㄡˋ有ㄧㄡˇ十ㄕˊ隻ㄓ雞ㄐㄧ翅ㄔˋ十ㄕˊ隻ㄓ雞ㄐㄧ腿ㄊㄨㄟˇ五ㄨˇ個ㄍㄜˋ雞ㄐㄧ脖ㄅㄛˊ子ㄗ˙

五ㄨˇ個ㄍㄜˋ雞ㄐㄧ屁ㄆㄧˋ股ㄍㄨˇ和ㄏㄢˋ很ㄏㄣˇ多ㄉㄨㄛ很ㄏㄣˇ多ㄉㄨㄛ小ㄒㄧㄠˇ雞ㄐㄧ塊ㄎㄨㄞˋ……」

大ㄉㄚˋ餓ㄜˋ狼ㄌㄤˊ興ㄒㄧㄥ奮ㄈㄣˋ了ㄌㄜ˙一ㄧˋ整ㄓㄥˇ晚ㄨㄢˇ，直ㄓˊ到ㄉㄠˋ清ㄑㄧㄥ晨ㄔㄣˊ才ㄘㄞˊ睡ㄕㄨㄟˋ著ㄓㄠˊ。

隔天，大餓狼果然睡過頭了，

到了中午，他才急急忙忙趕到湖邊，

卻發現船上的雞都一身華麗打扮。

原來，今天的主題是華麗派對。

他ㄊㄚ急ㄐㄧˊ急ㄐㄧˊ忙ㄇㄤˊ忙ㄇㄤˊ找ㄓㄠˇ東ㄉㄨㄥ西ㄒㄧ打ㄉㄚˇ扮ㄅㄢˋ自ㄗˋ己ㄐㄧˇ，
趕ㄍㄢˇ著ㄓㄜˋ參ㄘㄢ加ㄐㄧㄚ華ㄏㄨㄚˊ麗ㄌㄧˋ派ㄆㄞˋ對ㄉㄨㄟˋ。

沒毛雞一看到盛裝打扮的大餓狼，

全都讚美他是今天最高貴、最優雅的客人，

並邀請他上船。

大餓狼沉醉在讚美中，

暫時忘了肚子的飢餓。

划了一陣子，
大餓狼面對五隻美味可口的炸雞，
肚子不斷發出咕嚕咕嚕的聲響。

五隻沒毛雞聽見了，狐疑的問：「那是什麼聲音呀？」

「那是，」大餓狼張開大嘴：

「想吃掉你們的聲音啊！」

大_{ㄉㄚˋ}餓_{ㄜˋ}狼_{ㄌㄤˊ}追_{ㄓㄨㄟ}著_{ㄓㄜ˙}五_{ㄨˇ}隻_ㄓ炸_{ㄓㄚˋ}雞_{ㄐㄧ}在_{ㄗㄞˋ}船_{ㄔㄨㄢˊ}上_{ㄕㄤˋ}跑_{ㄆㄠˇ}來_{ㄌㄞˊ}跑_{ㄆㄠˇ}去_{ㄑㄩˋ}。

小_{ㄒㄧㄠˇ}船_{ㄔㄨㄢˊ}不_{ㄅㄨˋ}停_{ㄊㄧㄥˊ}的_{ㄉㄜ˙}在_{ㄗㄞˋ}湖_{ㄏㄨˊ}面_{ㄇㄧㄢˋ}上_{ㄕㄤ˙}晃_{ㄏㄨㄤˋ}來_{ㄌㄞˊ}晃_{ㄏㄨㄤˋ}去_{ㄑㄩˋ}。

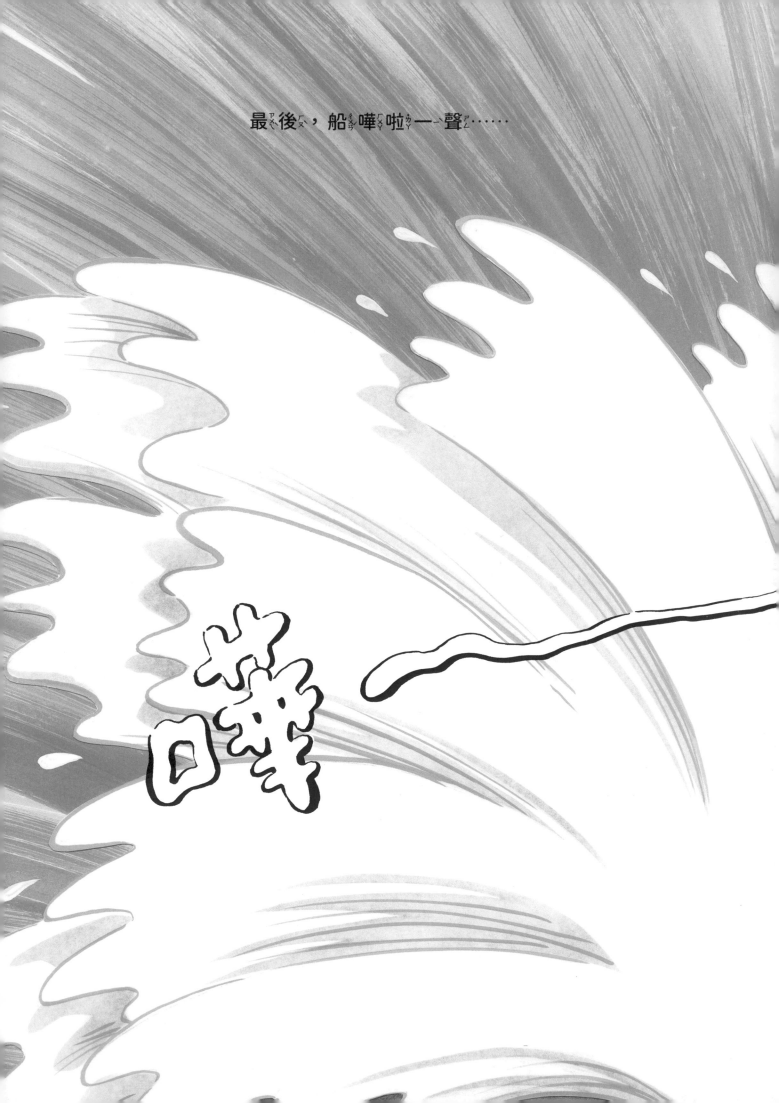

五ㄨˇ隻ㄓ沒ㄇㄟˊ毛ㄇㄠˊ雞ㄐㄧ和ㄏㄜˊ一ㄧ隻ㄓ大ㄉㄚˋ餓ㄜˋ狼ㄌㄤˊ全ㄑㄩㄢˊ掉ㄉㄧㄠˋ進ㄐㄧㄣˋ水ㄕㄨㄟˇ裡ㄌㄧˇ。

湖面恢復平靜之後，
慢慢浮出一樣又一樣東西。
接著又浮出一隻兩隻三隻四隻五隻沒毛雞。

最後浮出水面的是，
一隻不會游泳的沒毛大餓狼。

五隻沒毛雞，
救起了大餓狼。

大餓狼喝了好多湖水，肚子飽飽的，
一點也不餓了。

他開口問：
「明天划船的主題，
是有毛還是沒毛啊？」

五隻沒毛雞沒有回答，他們抖掉身上的水，
頭抬得高高的，走進樹林裡。

國家圖書館出版品預行編目資料

沒毛雞遇見大餓狼／陳致元 文圖
- 第一版. - 臺北市：親子天下股份有限公司, 2024.06
44 面；21.5x29.15公分. - （繪本；362）
國語注音
ISBN 978-626-305-882-8（精裝）

1.SHTB: 社會互動--3-6歲幼兒讀物

863.599   113006007

繪本 0362

沒毛雞遇見大餓狼

文圖｜陳致元

責任編輯｜謝宗穎　美術設計｜陳珮甄　行銷企劃｜翁郁涵

天下雜誌群創辦人｜殷允芃　董事長兼執行長｜何琦瑜
媒體暨產品事業群
總經理｜游玉雪　副總經理｜林彥傑　總編輯｜林欣靜
行銷總監｜林育菁　副總監｜蔡忠琦　版權主任｜何晨瑋、黃微真

出版者｜親子天下股份有限公司　地址｜台北市 104 建國北路一段 96 號 4 樓
電話｜（02）2509-2800　傳真｜（02）2509-2462　網址｜www.parenting.com.tw
讀者服務專線｜（02）2662-0332　週一～週五：09:00~17:30
傳真｜（02）2662-6048　客服信箱｜parenting@cw.com.tw
法律顧問｜台英國際商務法律事務所‧羅明通律師
總經銷｜大和圖書有限公司　電話：（02）8990-2588

出版日期｜2024 年 6 月第一版第一次印行
定價｜400 元　書號｜BKKP0362P　ISBN｜978-626-305-882-8（精裝）

——————————— 訂購服務 ———————————
親子天下 Shopping｜shopping.parenting.com.tw
海外‧大量訂購｜parenting@cw.com.tw
書香花園｜台北市建國北路二段 6 巷 11 號　電話（02）2506-1635
劃撥帳號｜50331356　親子天下股份有限公司

立即購買 >

幾ㄐㄧˇ天ㄊㄧㄢ後ㄏㄡˋ……